LE PRISONNIER

Texte de MAURICE BARRÈS.

Illustrations par ROBERT DELÉTANG.

Robert Delétang 99

L'État d'esprit de Déroulède

On a tracé des tableaux de l'échauffourée de la caserne de Reuilly. Je n'en redonnerai pas un trait; je n'y ajouterai pas une couleur : c'est au juge de rassembler les éléments et de reconstruire la matérialité d'un acte légalement qualifié « crime ».

Mais, comment Déroulède veut-il se défendre? Avec quel état d'esprit va-t-il se présenter devant ses juges (les jurés, sans doute, et la cour d'assises)? J'en ai parlé plusieurs fois avec lui et avec Habert, depuis qu'ils sont dans cette Conciergerie où ils supportent, sans jamais une plainte, avec une sorte d'allégresse même, un régime très dur, avouons-le, et qui, chaque jour, atteint davantage leur santé. Je veux me faire ici simplement leur écho.

Leur situation morale est une des plus délicates qu'on puisse imaginer. Sous peine de se déshonorer, Déroulède doit risquer de paraître léger. En effet, ou il trahira de précieux concours qu'il a pu s'assurer, ou il confirmera le jugement de ceux qui ne le connaissent qu'à demi : « Déroulède! un chevalier, un généreux emballé! »

Ce jugement est superficiel. Je connais beaucoup Déroulède, et depuis de longues années; personne plus que lui n'a de suite dans les idées, de ténacité dans la direction et de préparation dans ses brusqueries. Voilà des raisons égales pour l'estimer ou pour le blâmer, selon qu'on approuve ou non l'acte qui va le mener aux assises; mais toute sa vie politique prépare et explique cet acte. C'est son apologie totale qu'avec cette extraordinaire éloquence, toute de flamme, d'honnêteté, d'amour de la nature, il devra prononcer depuis le banc des accusés.

*
* *

Déroulède a cent fois déclaré que, dans toute son action politique ou patriotique, il est inspiré par la haine et le dégoût de ce système qui fait d'une classe spéciale de privilégiés politiques, à savoir de huit cents parlementaires, les maîtres omnipotents des préfets, des ministres, du président du Conseil, du président même de la République. Selon lui, la France leur doit le Wilsonisme, le Panamisme, le Dreyfusisme, notre anarchie intérieure, notre abaissement extérieur.

Il a espéré voir réformer cette constitution par Gambetta d'abord, puis par le général Boulanger. Après leur mort, lentement, patiemment, avec une persévérance de chaque jour, il s'est efforcé de conquérir une popularité suffisante, pour devenir lui-même un jour l'artisan de ces réformes. Cette popularité, il la demandait au peuple et à l'armée, en leur présentant, comme trait d'union, sa Ligue des Patriotes, vraiment magnifique par la qualité morale des braves gens qui la composent.

En avril 1898, il disait à ses électeurs : « Pour délivrer la France et la République, il y a trois moyens : la volonté d'un homme, c'est-à-dire le coup d'État; la volonté d'un peuple, c'est-à-dire la révolution; la volonté de l'Assemblée, c'est-à-dire le Congrès. Je ferai tout pour que ce dernier moyen, le plus pacifique, aboutisse, mais je n'y compte guère, et je me déclare résolu à tout tenter pour le triomphe des deux autres. »

Ce qu'a pu faire Déroulède pour pousser à un coup d'État demeure secret, faute d'un commencement d'exécution. Quant à la tentative de la caserne de Reuilly, elle appartient au genre révolutionnaire.

⁂

Dans la conviction de Déroulède, la révolution de l'ordre contre l'anarchie ne doit se faire qu'avec le double concours du peuple et de l'armée. Il ne faut pas être, vis-à-vis des troupes, les émeutiers qu'elles ont à combattre; il faut se montrer ostensiblement, bruyamment leur allié et leur défenseur. De là ses allures au long de l'affaire Dreyfus.

Après les discours et les manifestations successives de la salle Guyenet, de la salle Wagram, de la salle Charras, de la salle Chaynes, qui furent d'une importance décisive dans une affaire où les politiciens étaient bien décidés à se ranger du côté qui leur paraitrait le plus fort, Déroulède fut l'objet d'ovations enthousiastes à Paris et à Versailles, le jour de l'élection du nouveau Président de la République. Il n'y vit pas un remerciement de ce qu'il avait fait, mais un encouragement à ce qu'il avait à faire. Auprès de la statue de Jeanne d'Arc, une foule immense, d'une voix unanime, lui criait : « A l'Élysée ! » — « Oui, mes amis, répondait-il, nous pourrions y aller dès ce soir, mais il y a un mort ! Je le respecte, lui, mais non le nouvel élu du Parlement, qui n'est pas pour moi le véritable chef de la nation. Nous aurons à délivrer ensemble le suffrage universel. A jeudi ! Vive une autre République ! A bas celle-là ! »

Dès ce soir de l'élection de Loubet, Déroulède prit ses dispositions pour l'acte du 23 (jour des obsèques). Eut-il des complices? Le juge d'instruction n'a pas eu le mauvais goût de demander à connaitre leurs noms. Et, comme le tact, la délicatesse et, en général, toutes les vertus sont toujours récompensées, il se trouve que Déroulède déclare n'avoir eu qu'un complice vraiment complet et, précisément M. le juge d'instruction le tient entre ses mains : c'est Marcel Habert dont la vaillance et la fidélité forcent la sympathie de ceux-là mêmes qui blâment son acte.

⁂

Comment ! un seul complice, Marcel Habert? Mais, sur la place de la Nation et jusqu'à la caserne de Reuilly, ces manifestants, ces ligueurs qui encadraient la brigade, qui étreignaient les petits soldats, qui criaient : « A l'Hôtel de Ville!... Ça y est!.,. Vive Déroulède !... Vive Roget! » ne sont-ce pas les conjurés !

Ah! quelle erreur! des complices, des conjurés? Non pas! ce sont les soldats de Déroulède.

La veille de cette échauffourée, le 22, il avait, par dépêche, convoqué ses amis dans les bureaux de la rue des Petits_

« SUIVEZ-MOI, GÉNÉRAL! SUIVEZ-MOI, PLACE DE LA BASTILLE! A L'HOTEL DE VILLE! A L'ÉLYSÉE! »

Champs. Ces paroles furent les dernières avant l'acte : « Si vous avez confiance en moi, si vous m'aimez, ne me demandez pas ce que j'ai fait et ce que je veux faire. Trouvez-vous seulement demain, à deux heures, place de la Bastille. »

Le prétexte, c'était de porter au Père-Lachaise la couronne offerte par la Ligue à Félix Faure. (Il est vrai qu'on avait oublié une seule chose, c'est de retirer cette couronne des mains de son fabricant, rue Saint-Maur.)

Place de la Bastille, les ligueurs, le 23, à trois heures de l'après-midi, furent divisés par des émissaires en trois groupes dont l'un demeura en place, tandis que le second allait occuper la place de l'Hôtel-de-Ville et le troisième la place de la Nation.

Là, Déroulède attendait, prêt à paraître. Il savait, depuis quelques jours, que la dislocation des troupes aurait lieu en ce point. C'était l'endroit où il pourrait prendre contact avec une colonne d'infanterie, général en tête. Seulement, il ne se doutait pas qu'il se trouverait en présence du général Roget. Il attendait le premier général qui viendrait. Il pensait que sa présence seule, après tous les services qu'il avait rendus à l'armée, aurait une éloquence convaincante, et qu'alors même qu'il ne se serait pas concerté avec des officiers, il serait compris. Il imaginait qu'un général, quel qu'il fût, indigné des outrages faits à l'armée, souffrant du mal fait à la France, comprendrait et se laisserait entraîner par son appel, par l'ardeur de la foule, par la possibilité d'un Quatre-Septembre militaire et « d'une délivrance nationale ».

*
* *

Voilà dans quels sentiments, avec quelles dispositions (je résume, je simplifie, comme fait le prisonnier lui-même), place de la Nation, vers cinq heures, dès que Déroulède entendit les tambours et les clairons, il se jeta au milieu du fleuve populaire qui courait aux soldats. Immédiatement reconnu comme le chef, il s'avança à la rencontre des troupes. Quand il eut laissé passer, sans un mot, les Saint-Cyriens et la garde républicaine, il descendit du trottoir et, prenant le milieu de la chaussée, il marcha droit au général inconnu dont il apercevait le chapeau à plumes dans le lointain. Pour lui parler, il l'arrêta, mettant la main sur la bride. Ce fut plutôt une brève adjuration qu'un discours. Il le suppliait d'avoir pitié de la Nation, pitié de la Patrie; il le suppliait de sauver la France et la République. « Suivez-moi, général! suivez-moi, place de la Bastille! à l'Hôtel de Ville! à l'Élysée! Des amis nous attendent. Ce sera un Quatre-Septembre militaire, sans effusion de sang. »

La foule déjà s'émouvait. Deux mille personnes, aux cris de : « Vive l'armée! Vive la République! Vive Déroulède! » commençaient de pousser ces cris : « A l'Élysée! A l'Hôtel de Ville! » qui, deux minutes plus tard, allaient faire un si étrange tonnerre dans ce quartier.

Quelques écarts du cheval, lui-même étonné, avaient un instant séparé Déroulède du général; il se rapprocha immédiatement, et, tout en lui parlant, il marchait à ses côtés. — Mais, telle était la clameur, telle dut être la surprise du général Roget, que je suis disposé à croire que celui-ci n'entendit pas distinctement les termes et la portée de ce discours, bien fait pour lui déplaire. (Il l'a prouvé.)

Quant aux ligueurs, quel besoin aurait eu Déroulède de les prévenir à l'avance? Ces cœurs ardents n'en étaient plus à comprendre leur chef, ils le devinaient. Rien n'était concerté; l'accord et l'entente se sont établis d'un regard, d'un geste, d'un signe. N'est-ce pas miraculeux? Mais s'il en faut, des preuves, voici la déclaration de Paul Déroulède au juge d'instruction : ·

« Ce n'eût été que place de l'Hôtel-de-Ville que j'aurais commencé à donner, à certains amis, les instructions verbales détaillées, et que j'aurais remis les instructions écrites qui faisaient partie des papiers brûlés, par moi, à la caserne de Reuilly. J'ai conçu et préparé ce coup de main sans autre connivence, sans autre complicité, sans autre aide consciente que celle de mon cher, dévoué et vaillant Marcel Habert. »

Ces conjurés sans l'être, ces criminels innocents et les braves troupiers du général Roget, émerveillés sans doute de la gentillesse de tous ces civils, arrivèrent ainsi au coin de la rue de Reuilly où se trouve la caserne. La préoccupation de Déroulède était de faire barrer l'entrée de cette rue par le groupe d'hommes résolus qui l'entouraient immédiatement. Il y eut, là, une fausse manœuvre, à cause de deux ordres simultanés et contraires. Au moment où Déroulède criait : « Barrez la rue à droite », Marcel Habert a, lui aussi, crié : « Non, non, laissez passer! c'est le chemin de la Bastille. » Un flottement de quelques secondes en est résulté qui a empêché le barrage de se faire. La tête de colonne, puis la colonne elle-même obéissant au général Roget — de qui il faut saluer les courageux sentiments de discipline — purent passer. Sans ces quelques secondes d'hésitation, les ligueurs formaient un mur infranchissable à la troupe, et l'angle de la caserne une fois dépassé, le Rubicon se fût désormais appelé rue de Reuilly.

Déroulède avait dans ses poches beaucoup de papiers, notamment une proclamation au pays et des lettres adressées à diverses personnalités politiques, les conviant à signer avec lui l'affirmation du maintien de la République, l'abrogation de la Constitution de 1875 et la convocation du peuple pour

LE PASSAGE A TABAC

VIVE L'ARMÉE!

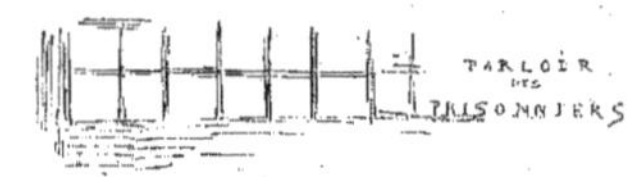

NOTRE HÉROS FUT ASSAILLI CHAQUE MATIN

l'élection d'une Constituante. Il entra dans la caserne, un peu pour essayer encore d'entraîner la brigade et beaucoup pour se défaire de cette littérature compromettante qu'il eut le plaisir de brûler dans un poêle.

Voilà la physionomie générale de l'affaire, telle que la discrétion de Paul Déroulède et de Marcel Habert la présentera au public. Je ne prétends pas vous faire connaître les moyens dont disposait l'audacieux « révolutionnaire pour l'ordre » (ainsi qu'il se qualifie); c'est son secret qu'il a raison de garder strictement; ce que je lui demandais, ce qu'il importe de mettre sous les yeux du public à la veille d'un procès retentissant, c'est l'esprit de cet acte, la raison de cette grande folie patriotique. Eh bien! il n'y a pas, là, de folie, prétend-il, mais la volonté d'un homme qui avait quatre-vingt-dix chances de réussite sur cent. Et, par cet échec même, il affirme avoir servi la cause nationale, à

LE RÊVE DU PRISONNIER

LA BÉNÉDICTION DU PATRIOTE

AU CHATEAU DE L'ANGÉLY

laquelle (on conteste son action, non son cœur) il a voué toute sa vie.

Je ne puis mieux terminer cet article de renseignement, ce véritable interview d'un prisonnier sur son état d'esprit, qu'en le laissant parler lui-même. Voilà ce qu'il me disait cette semaine à la Conciergerie :

« Étant donnée la manière dont les avenues du pouvoir sont gardées par les bénéficiaires et les copartageants du parlementarisme, il est cent fois plus chimérique (MM. de Marcère et Denoix le dénieraient-ils ?) de songer à réformer par un Congrès ou par un coup d'État, que par un appel à l'armée et par un coup de force.

Ni ministre, ni président de la République ne tenteront rien pour modifier une situation dont ils profitent. Aussi bien, les choisit-on tels qu'ils ne puissent même pas avoir l'idée de rien tenter. Il n'est d'autre moyen de salut qu'une révolution, à la fois populaire et militaire, ayant à sa tête un civil et un soldat loyalement résolus tous deux à maintenir la République. »

MAURICE BARRÈS.

L'ANARCHIE DE L'ESTRADE

Parmi tant d'images que le flot réfléchit une minute, puis emporte et anéantit, quelques-unes valent qu'on les garde. Une scène de théâtre chargée d'« intellectuels », de mandarins et que fête une salle immense d'anarchistes ; le sang de deux bons Français sur le point de couler, — selon de vieux rites toujours vivant dans l'âme des foules, — pour sceller, mieux que ne fait l'or, ce funeste pacte ; voilà des dérèglements dont l'historien retiendra le détail, car ils entraîneront bientôt, je le crois, de graves conséquences.

Dans la journée du samedi 10 décembre, la Ligue des patriotes envoya une convocation à ses principaux membres :

L. D. P. — Samedi 10 décembre.

(Urgence extrême.)

Camarade,

J'ai besoin de votre présence, ce soir, avant huit heures, salle Chaynes, 2, rue d'Allemagne. Il s'agit, non de troubler la réunion des dreyfusards, mais d'assurer la liberté et la sécurité de vos orateurs patriotes. Rappelez-vous le guet-apens d'hier, salle Thomas, et les coups de revolver de lundi, salle du Pré-aux-Clercs.

A ce soir! Vive l'armée! A bas les traîtres!

PAUL DÉROULÈDE.

Dès sept heures, rue d'Allemagne, au rond-point de la Villette, les escouades d'agents et des pelotons de gardes municipaux prenaient position. Les cris de « Vive Picquart! Vive Dreyfus! » et « Vive l'armée! A bas les traîtres! » servaient de ralliement à une foule chaque minute accrue. Pour entrer dans la salle Chaynes, on payait six sous. Un ligueur naïvement tendit au guichet la convocation de Déroulède : il comprit aussitôt que ce n'était pas un billet de faveur. Tandis qu'on l'expulsait à demi écharpé, sa lettre lue à la tribune souleva des huées. M. Duclaux, membre de l'Institut, directeur de l'Institut Pasteur, qui présidait au milieu d'un brillant état-major de publicistes, de savants, de littérateurs, fit observer : « Mais, nous aussi, nous pouvons acclamer l'armée! » On lui marqua du désaccord en se ruant sur un jeune avocat qui criait : « Vive l'armée! » Jeté dehors demi-assommé et la tête dégouttante de sang, il fut épongé, entouré, escamoté par la police, parce que la vue du sang excite d'une façon malsaine les foules.

A cet instant, vers les huit heures et demie, Déroulède dans la la rue arrivait. Cinq cents ligueurs l'entourèrent pour l'acclamer, pour se compter et pour se protéger. Faisant un coin dans la foule amorphe et refoulant leurs adversaires, ils se présentèrent à l'entrée de la salle. Une nuée d'agents en barrait le passage.

— C'est une réunion publique, disait Déroulède.

— Monsieur le député, répondait le commissaire, comprenez-moi bien. J'ai une consigne; vous savez ce qu'est une consigne. Eh bien! vous passerez seul ou vous ne passerez pas. Il y aurait une tuerie.

On entendit cet ordre de M. Orsatti : « Ne les laissez pas communiquer avec les gardes municipaux. » Un cordon d'agents fut interposé entre les soldats et les patriotes.

Dix minutes après, Déroulède revenait : « Laissez-moi choisir cinquante amis. » « Impossible! » Une troisième fois, après un intervalle, il proposait d'en prendre dix. — « Non, monsieur Déroulède seul, ou pas! » — « Eh bien! seul alors... Laissez passer!... »

Marcel Habert put se jeter à la suite de l'ami auquel il donne, pour une œuvre commune, son plein dévouement, et, serrant le bras du commissaire Guillaume : « S'il arrive malheur à Déroulède, c'est vous, monsieur, qui en porterez la responsabilité! »

Les braves gens de la Ligue, impuissants à forcer le passage, retenaient leur chef de leurs supplications. Mais déjà tous deux, franchissant l'étroit couloir, jetaient leur monnaie au plateau. Et débouchant dans l'immense salle surchauffée, Déroulède cria : « Vive l'armée! » Deux mille personnes se retournèrent : « La Ligue! »

Leur mouvement de recul vers l'estrade chargée de l'élite dans le fond fut sensible. Quelques douzaines s'enfuirent. Dans cet espace dégagé les deux amis firent dix pas. On les vit seuls. Alors, comme une haute vague qui s'épand, la foule se rejeta vers eux. Le choc, les coups faillirent les renverser, les couvrir. Leurs chapeaux volèrent sous les cannes. Ils s'arcboutèrent l'un à l'autre, puis de toute leur énergie fournirent une puissante poussée en avant. Comme dans ses duels, Déroulède se préoccupait seulement de ce qu'il voulait faire. Il marchait à la tribune comme on tire au corps. Quelle défense opposer à un millier d'assaillants pressés, sinon une rapidité telle que des furieux qui se contrarient les uns les autres n'aient pas le temps d'ajuster leurs coups. Habert tenait son ami sous les bras par derrière, le maintenant, le poussant, le couvrant. Dans cette clameur, dans cette poussière, sous ces remous, par deux fois pris à la gorge, trente fois frappés, on crut qu'ils sombreraient. L'horreur avait dressé les dignitaires de l'estrade qui n'abaissèrent leurs bras épouvantés que pour attirer les deux intrépides, quand du milieu de la meute ils gagnèrent le petit escalier, — sans une blessure. Et aussitôt ils leur jetaient de leurs trente bouches les plus violents reproches : « Que venez-vous faire ici ? Vous voulez donc des catastrophes? »

— Je n'ai pas peur de la mort ! répondait Déroulède.

Cette phrase n'exprimait qu'une partie de sa pensée. La joie d'être brave, c'est bien. « Et moi aussi, j'ai connu *ce coupable amour du danger* », lui disait, au terme d'une conversation, Tolstoï. Ce magnifique adjectif, *coupable*, est juste : il faudrait peut-être blâmer Déroulède s'il avait cherché salle Chaynes le plaisir du risque. Mais, en réalité, dans ce concile des négateurs d'en haut et des anarchistes d'en bas, dans ce plein nihilisme social, c'est son *devoir* qui l'amenait. Immédiatement, il s'en expliqua.

« On n'a pas voulu me laisser passer avec mes amis; on m'a dit que vous m'assassineriez; me voici, seul! Je viens vous dire qu'il est profondément regrettable de diviser une nation de braves gens... »

Dans cet instant, on a noté que cette immense salle de spectacle, avec sa scène chargée d'illustrations, ses galeries bondées et furieuses, formait une composition splendide dont Déroulède était le centre. Debout sur la table, entre MM. Mirbeau et Duclaux, il les dépassait de la tête. Les vêtements défaits, les traits calmes, pas un coup sur la figure, il jetait dans cette universelle folie des appels français. Les intellectuels étaient massés autour de la table, et leur stupeur semblait encore un hommage.

Comme, tout à l'heure, les cannes levées couvraient la personne de Déroulède, les outrages maintenant couvrent sa voix; tantôt faubouriens : « Ma casquette n'est pas un képi »; tantôt forcenés : « Tu as fusillé ma mère enceinte. » — « Pas de toi », aurait pu répondre Déroulède. C'étaient les articles de l'*Aurore* et du *Siècle* qui par bribes remontaient de la salle avec un accent plus atroce vers l'estrade où ils avaient été composés. C'est toujours curieux de voir l'ingéniosité d'un bel esprit qui devient la menace d'un énergumène et pourrait se faire la balle d'un assassin.

L'estrade et la salle enfin se ressaisirent, et d'accord, retirant la parole à Déroulède, voulurent que Sébastien Faure continuât son discours interrompu par cette forte sensation.

Celui-là, Faure, c'est dans l'instant, au goût des « revisionnistes », le grand orateur de Paris. L'un des chefs du parti anarchiste depuis plusieurs années, il semble succéder à Jaurès. Nous le trouverons au Parlement. Un revisionniste me dit : « Ah ! si vous voyiez le bon M. Duclaux écouter, admirer Sébastien. Certainement il pense : « Moi, qui sais tant de choses! si je pouvais parler comme celui-là! »

Un jour, l'éminent homme de laboratoire ne put résister à l'émotion que lui communiquaient les inflexions de cette belle voix, et saisissant les deux mains de son coreligionnaire : « Sébastien

Faure, maintenant que vous êtes des nôtres, vous ne nous quittere[z] plus. » M. Duclaux, pour cette alliance, ne consulte apparemme[nt] que son cœur. Si Faure, sans se commettre, peut y répondre, c'e[st] grâce au cas Picquart. On connaît ce thème de l'union : « Picqua[rt] est l'anarchiste par excellence, car le premier principe de l'ana[r]chie est l'indiscipline militaire. Picquart étant le plus indiscipli[né] des militaires, se trouve, en fait, le plus parfait des anarchiste[s] C'est pourquoi nous le revendiquons, et nous le défendons. »

Dans le talent de Sébastien Faure, il y a des ressources [de] prêtre et de commis voyageur. Il comprend ses divers auditoires[,] compose pour les émouvoir. « Déroulède, déclara-t-il, savait bie[n] qu'à venir seul il courait moins de risques qu'accompagné par ce[s] patriotards. » Pendant cinq minutes, fort insidieusement, il var[ia] ce thème : « Ce n'est pas un acte de courage, mais d'habileté. » — « De lâcheté », cria la salle. Quelqu'un précisa : « C'est un piège!

Déroulède n'entendait pas tous leurs outrages, confondus da[ns] un affreux vacarme, mais il les voyait dans leurs bouches tordu[es] par la fureur qui s'ouvraient, se fermaient. Un grand gaillard enl[e]vait sa casquette, lui montrait ses cheveux largement coagulés d'[un] sang dont il écrasait les caillots sous sa paume et l'on devinait [la] phrase : « Tes amis me l'ont fait ; je vais te le rendre. »

Maintenant, le doigt tendu jusqu'à effleurer les cheveux de s[on] adversaire, Sébastien Faure, d'une voix acérée, avivait tous c[es] frénétiques : « Vous supprimer, vous assassiner, vous dont le ri[di]cule nous sert... Ah! le mot vous offense! Mais vous nous trai[tez] de lâches, de vendus. Vos journaux répètent chaque jour que ce[ux] qui remplissent cette salle ne marchent qu'à prix d'argent... » C[es] habiles excitations aggravaient l'hystérie générale, telle, dit-o[n] que des jeunes gens élégants, des « intellectuels » peu maîtres [de] leurs nerfs, montraient sur leurs figures des convulsions de satyr[es] et sous la lumière brûlante, dans cette terrible atmosphère [de] foules, se livraient au rut de la haine.

C'est l'instant où Déroulède fut le plus en danger. Les intell[ec]tuels de l'estrade eux-mêmes, leur figure dans sa figure, lui vom[is]saient les injures les plus basses, des outrages d'homme à homm[e] avec des tutoiements, des injures physiques, toute une vilen[ie] Mais Déroulède : « Non, messieurs, c'est inutile. Ici, je ne m'[oc]cupe que de cette collectivité. » Ils eussent voulu l'amener à [des] querelles particulières, et que la foule l'enlevât. D'autres gouaillaie[nt] Un vieillard à barbe grise, de tenue irréprochable, s'approchait [de] Marcel Habert et, avec une bouche tremblante de haine, disait : « Je crois, monsieur, que j'avais l'honneur, avant-hi[er] d'être votre voisin à l'inauguration de l'Opéra-Comique. » Ma[rcel] Habert ayant à sa gauche M. Duclaux et à sa droite un incon[nu] disait : « Nous sommes divisés, violemment séparés, une ch[ose] pourtant nous rallie : la patrie. » L'inconnu répondait : « Enten[ds]-tu cet imbécile! la patrie! il radote! » M. Duclaux, tête grisonna[nte] d'administrateur universitaire, de proviseur ou de censeur, rêv[e] Essayons de tout voir. Un jeune juif étendu en travers des mar[ches] de l'estrade criait : « Pour toucher à Déroulède, il faudra que v[ous] me marchiez sur le corps. » On a noté que le fond de la salle s'é[tait] éclairci; on prévoyait la catastrophe, et ceux qui s'en lavent [les] mains s'étaient retirés.

Que fût-il arrivé, malgré des adversaires à qui l'on rend h[om]mage — Quillard, Mirbeau, Bertrand, Alexis, qui couvriren[t] leur mieux Déroulède, — sans l'entrée de M. Vaughan? D'ab[ord] elle fit diversion. Puis il prit la parole et contredit Sébastien Fa[ure] qu'il n'avait pas entendu : « Il faut reconnaître le cour[age de] M. Déroulède est sous notre sauvegarde. » Un anarchiste m[onta] de la salle pour y contredire : « C'est le moment d'en arriver [à la] violence, prêchait-il. Ce n'est pas par des phrases qu'on tri[om]phera; c'est par des coups. Nous sommes trop bêtes, si rien n[e] règle aujourd'hui. »

Il pouvait y avoir quinze cents à deux mille personnes da[ns la] salle. Trois à quatre mille dehors. Dans de pareilles minute[s] sont le véritable état de la France. Deux révolutions sont en r[...] contre le pouvoir impuissant : l'une pour tout renverser, l'[autre] pour tout rétablir.

Cependant, trois principaux de la Ligue avaient pu par un débit de vin franchir les cordons d'agents, et se glisser dans la salle pour assister leur chef. Ils entendirent ce mot : « Laissons parler. Quand il descendra, on lui fera son affaire. » Ils vinrent, avec quels risques! s'asseoir au pied de l'estrade, sur l'escalier. Déroulède les reconnut, et pour parler, cette fois, se tint debout en haut des marches. Des mille invectives qui l'assaillaient, il ramassa seulement celle-ci : « Tu as ramassé ta croix dans le sang des pauvres! » Il répliqua : « Je suis décoré de février 1871, avant la Commune. »

— On s'en fout pas mal de ton ruban rouge. A bas la Légion d'honneur!

— Alors, à bas l'Honneur?

— Oui, à bas l'Honneur!

Dernière tentative : il voulut voir s'il était vrai que la notion de patrie fût anéantie dans ces cœurs. Se tournant vers M. Duclaux, il le prit hautement à témoin qu'il y a une idée nécessaire à toute nation civilisée. D'abord, il ne la nommait pas, tenait son monde en suspens et puis à la fin : « Votre président qui est un grand savant vous le dira, comme moi : c'est l'idée, la grande idée de patrie. » Une immense huée lui répondit : « A bas la patrie! » féroce et fortifiée toujours de sifflements, de poings tendus.

C'était suffisant. Aux cris de : « Vive l'armée! Vive la France! » il se jeta avec Marcel Habert au milieu des insulteurs surpris. Les trois ligueurs aidaient à cette poussée de délivrance. M. Duclaux et quelques autres qui les crurent écharpés s'élancèrent à leur suite en faisant tinter la sonnette présidentielle, et telle fut la décision, l'énergie, la rapidité du petit groupe patriote que souvent les cannes des énergumènes tombèrent après son passage sur les « intellectuels »

de sa suite. Un témoin a dit : « M. Déroulède, entouré des orateurs dreyfusistes, les dépasse de la tête, et semble être un chef souriant et calme qui traîne après lui ses lieutenants affolés. »

Porté dans un formidable remous et sous une grêle de coups, par-dessus les barrières brisées, il force le guichet, s'engouffre au couloir, gagne le plein air et la rue, voit s'ouvrir les cordons d'agents et de gardes républicains et rejoint ses amis enivrés d'enthousiasme. « Dans la salle d'où je sors, dit-il, on a conspué la patrie que j'invoquais! » Quel délire! Déroulède, parmi deux mille ligueurs qui voulaient le serrer dans leurs bras, se crut, cette fois, étouffé.

Un chef ne peut obtenir l'absolue confiance de ses hommes que s'ils l'ont vu ainsi payant de sa personne et favorisé par la chance.

⁂

Si nous avons voulu garder quelques grands traits de ces délires, c'est qu'ils manifestent aussi clairement que feraient deux signatures sur un contrat l'alliance des deux anarchies, celle de l'estrade, celle de la salle. Le monde académique et celui de la rue confondent leurs vocabulaires et mêlent leurs mains pour excommunier un orateur de la patrie. Voir cela clairement, c'est s'expliquer bien des choses de France. Il y a plus de soixante ans, Auguste Comte, pour remonter à la source de toute anarchie intellectuelle et morale, dénonçait « la science *officielle*, la science *académique* (les intellectuels de l'estrade), comme le siège du principal désordre et le foyer de corruption d'où émanait le dérèglement des intelligences ».

MAURICE BARRÈS.

A SAINT-CLOUD

L'éditeur-gérant : R. DELÉTANG.

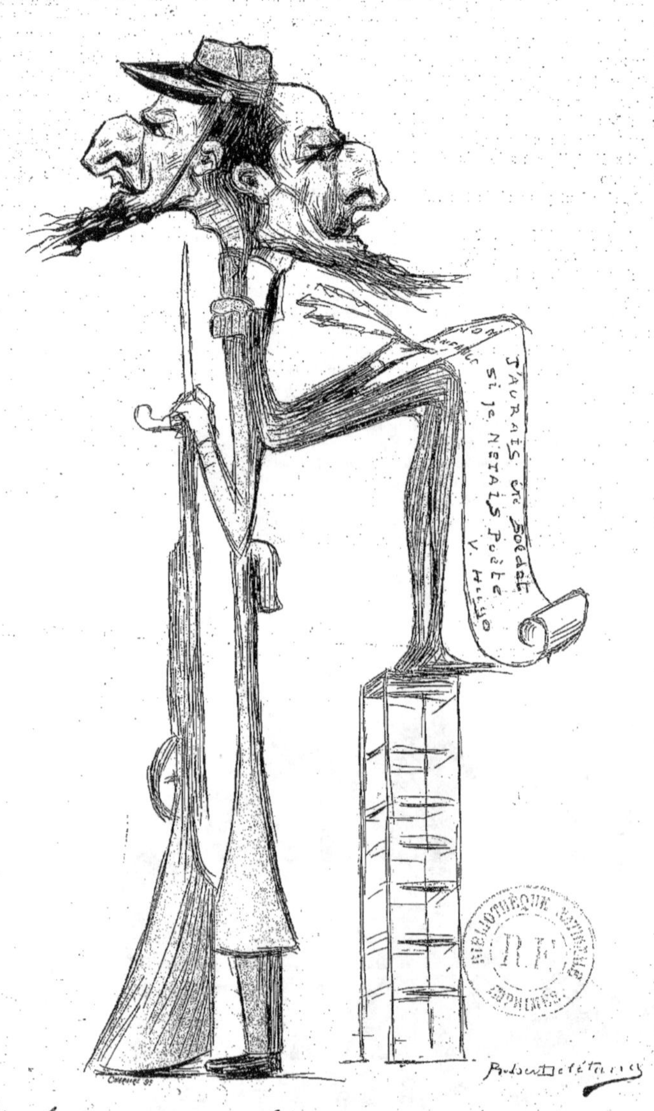

Les enfants apprennent par cœur ses vers
et les citoyens appellent de leur cœur ses actes.
Maurice Barrès